埃及
世界
芭絲特
努特
拉的太陽船
阿努比斯

國家圖書館出版品預行編目 (CIP) 資料

布朗家族的神話冒險. 2, 瑪西與獅身人面像的謎語/喬.陶德-史丹頓(Joe Todd-Stanton)文.圖；呂奕欣譯. -- 第一版. -- 臺北市：親子天下股份有限公司, 2024.07
54面；19x26公分. -- (YO!讀本；7)
國語注音
譯自：Marcy and the riddle of the Sphinx
ISBN 978-626-305-955-9(精裝)

873.596 113007129

—— 布朗家族的神話簡史 ——

數千年來，布朗家族扛起任務，
蒐集神話中的東西與生物，善加保存。
如今，布朗教授（也就是我本人）終於把這些故事彙整完成。
請聽我訴說先祖們的偉大冒險。

YO! 讀本 007

布朗家族的神話冒險❷
瑪西與獅身人面像的謎語

作繪者｜喬・陶德－史丹頓 譯者｜呂奕欣

責任編輯｜謝宗穎 美術設計｜林子晴 行銷企劃｜高嘉吟

天下雜誌群創辦人｜殷允芃 董事長兼執行長｜何琦瑜
媒體暨產品事業群
總經理｜游玉雪 副總經理｜林彥傑 總編輯｜林欣靜 行銷總監｜林育菁
副總監｜蔡忠琦 版權主任｜何晨瑋、黃微真

出版者｜親子天下股份有限公司 地址｜台北市 104 建國北路一段 96 號 4 樓
電話｜（02）2509-2800 傳真｜（02）2509-2462 網址｜www.parenting.com.tw
讀者服務專線｜（02）2662-0332 週一～週五：09:00~17:30
傳真｜（02）2662-6048 客服信箱｜parenting@cw.com.tw
法律顧問｜台英國際商務法律事務所・羅明通律師 製版印刷｜中原造像股份有限公司
總經銷｜大和圖書有限公司 電話：（02）8990-2588

出版日期｜2024 年 7 月第一版第一次印行
定價｜420 元 書號｜BKKCB007P ISBN｜978-626-305-955-9（精裝）

訂購服務
親子天下 Shopping｜shopping.parenting.com.tw 海外・大量訂購｜parenting@cw.com.tw
書香花園｜台北市建國北路二段 6 巷 11 號 電話（02）2506-1635
劃撥帳號｜50331356 親子天下股份有限公司

立即購買 >
有聲故事書

布朗家族的神話冒險❷

瑪西與獅身人面像的謎語

文圖 喬·陶德－史丹頓

翻譯 呂奕欣

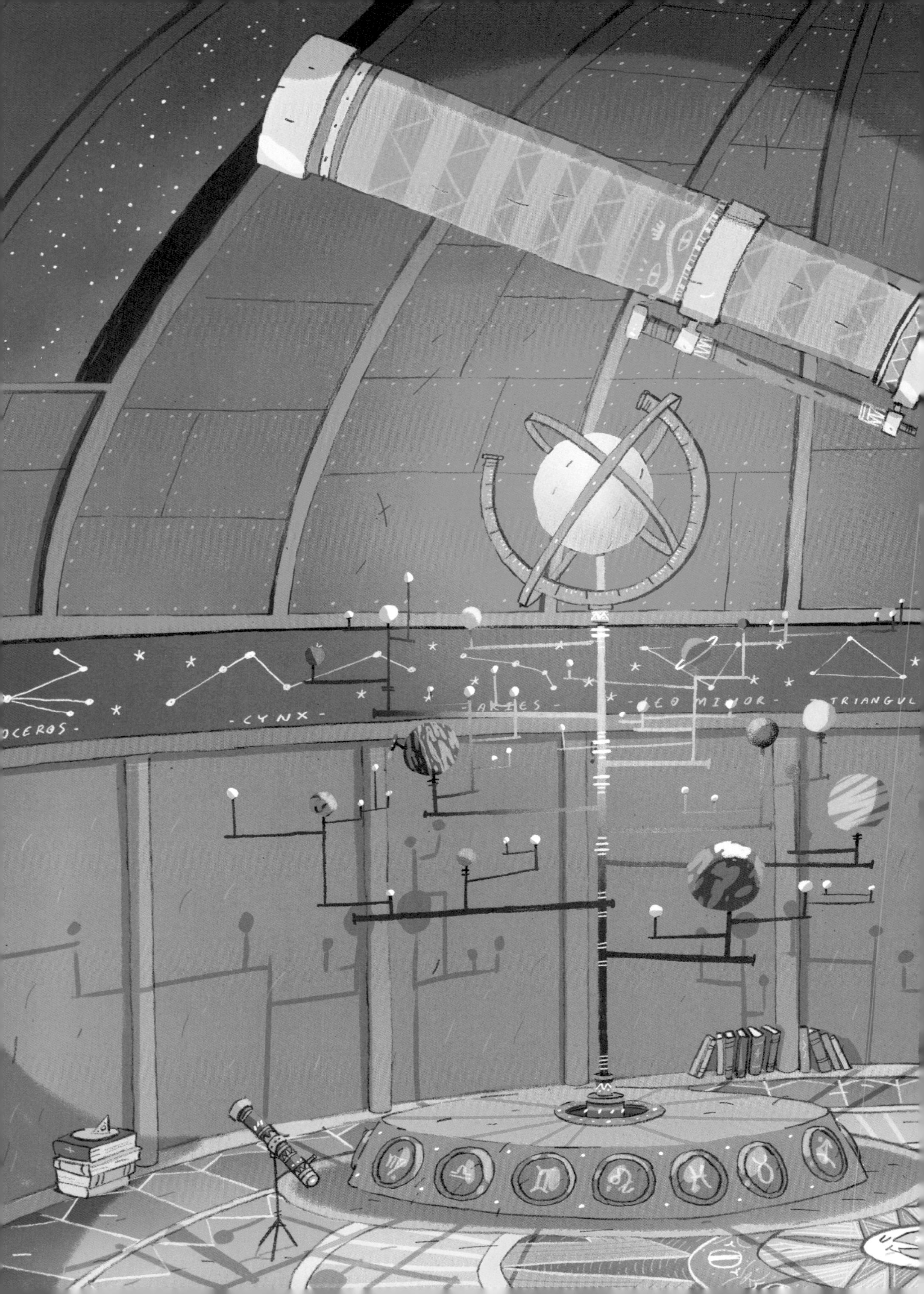
OCEROS -
- CYNX -
TRIANGUL

親愛的讀者，你好：
歡迎來到布朗家族的天文臺。
我們在這裡觀察夜空。
有人會覺得夜空挺可怕的，
充滿難以理解的色彩。
曾有個孩子比多數人都害怕夜空。
她是我的祖先，一位名叫
瑪西・布朗的女孩……
PYXIS
LEPUS

她的父親亞瑟是個大探險家，小小年紀就擊退可怕的野獸，拯救整座村莊。
亞瑟曾遊歷世界，發現古老的祕密，蒐集奇妙的文物。

直到某一天，
他認識了另一
位探險家。
後來，他們
搬到一座小鎮上。
不久之後，
瑪西誕生了。

每天晚上，瑪西都很愛聽爸爸說當年冒險的故事。雖然她不太相信那些故事是真的……畢竟爸爸年紀很大了，身材又臃腫肥胖。

但是一到夜裡，事情就不一樣了。爸爸那些神奇故事裡的生物，似乎全都變成可怕的怪物，躲在陰影之中。瑪西覺得在黑暗裡好孤單，好迷惘。她能做的就只是緊緊閉著雙眼，等待日出。

有一天，亞瑟覺得是時候讓瑪西展開第一趟冒險了。他知道瑪西不太相信他說的故事，於是決定帶她深入森林，去見一位老友。

隨著時間漸漸流逝，瑪西開始擔心，
等天色一暗，他們會找不到回家的路。

但亞瑟指著天空告訴瑪西，不管四周多暗，
北極星都會為他們指引回家的路。

最後，他們來到洞穴入口，瑪西嚇得不敢動彈。
看到洞穴牆面爬著不懷好意的陰影，瑪西不肯再往前走。

亞瑟很傷心，因為瑪西不願意相信他。
他只好獨自進入洞穴，並暗自希望瑪西會跟上來。

亞瑟想讓瑪西一睹最不可思議的奇景。

不過，瑪西沒出現，亞瑟只好掉頭回去。

回家路上，亞瑟不發一語。
瑪西確信，爸爸對她感到很失望。

如果她不敢走進一個毫不危險的黑暗洞穴，或許她根本算不上是個探險家。說不定，她根本算不上是真正的布朗家族成員。

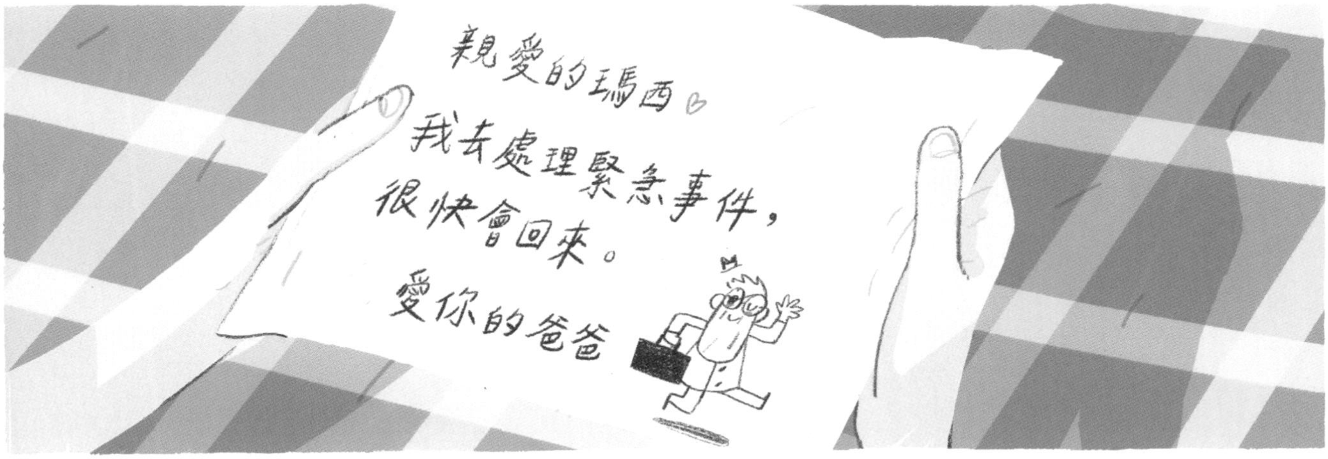

隔天，瑪西看到爸爸留給她的字條。媽媽要她不必擔心，但是瑪西的心情沉重得不得了。

過了整整一個星期，爸爸都還沒回來。
擔心的瑪西偷偷溜進爸爸的書房。

她在一堆紙張與古老的文物下方，
發現了亞瑟的筆記本。

看來，爸爸一定是去埃及找一本藏在獅身人面像史芬克斯肚子裡的書。但爸爸連眼鏡掉了，要彎腰撿起來都很困難耶！糟糕，瑪西得趕緊想個辦法來幫助爸爸。

就在這時，她注意到風織女的魔法羽毛就插在爸爸舊帽子的帽沿。

亞瑟跟她說過，只要帶著這隻威武大鳥的羽毛，在緊急時刻就會有人伸出援手。瑪西露出微笑，戴上帽子。

瑪西覺得自己已經變得更勇敢了，
她爬出書房窗户，發現風織女早在等她了！

他們咻的飛上空中，瑪西的胸口隨之一緊，
開始了他們漫長的旅程，前往埃及……

尋找獅身人面像史芬克斯。

N
W
E

瑪西降落在一個奇怪生物的腳邊，那個生物坐在雄偉的寶座上。

但是，他就和許多做過這番嘗試的人一樣，太低估此舉的危險程度。你必須答出史芬克斯的謎題，進入墳墓，躲過我設下的陷阱，打敗巨蛇，才能讓你父親恢復自由。

瑪西根本不敢進入陰暗的墳墓，因此直接懇求托特釋放她父親。

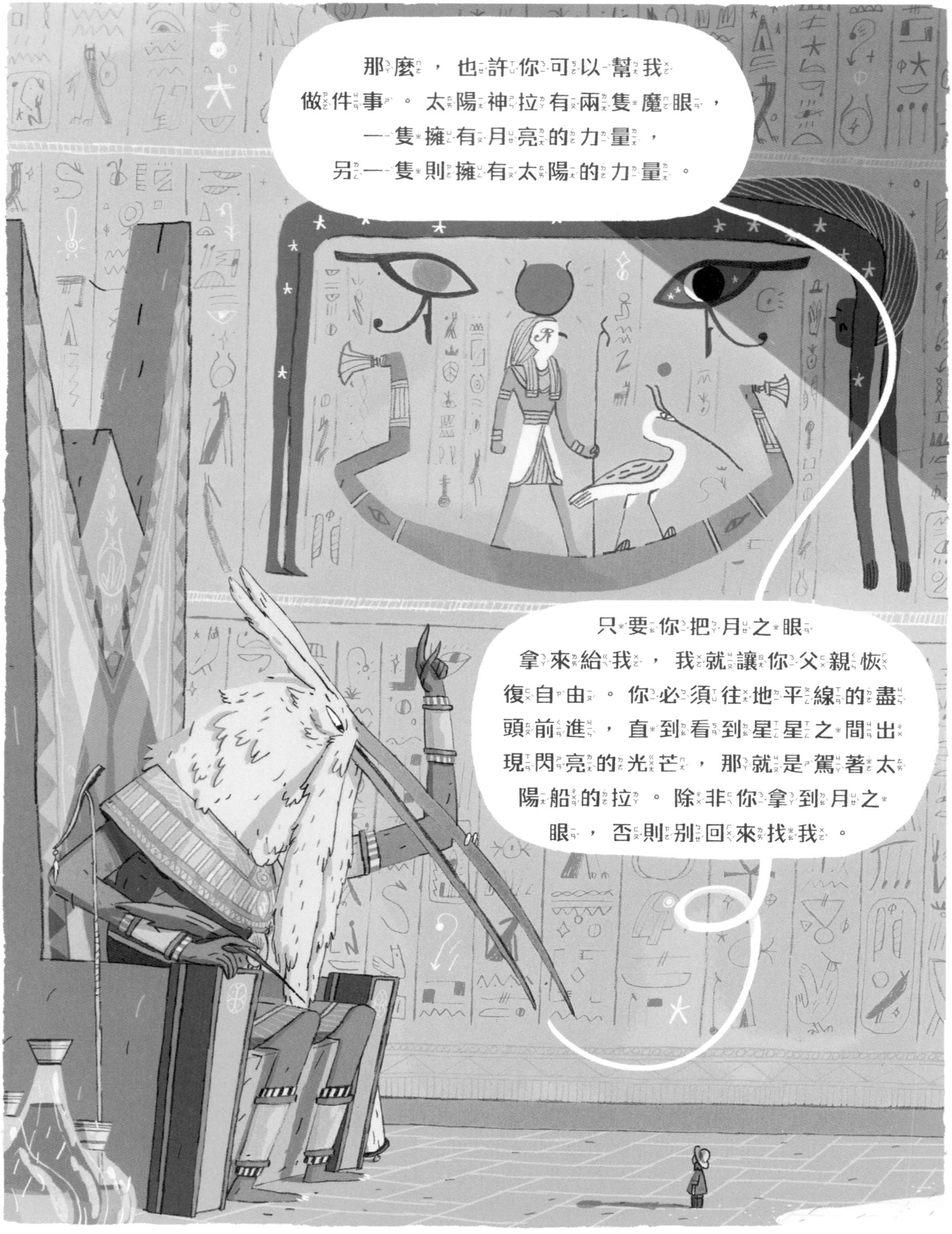

瑪西記著托特的話，穿過沙漠，朝著地平線前進。
突然間，她看到有個像流星的東西。

那個東西越來越大……

越來越大。

瑪西得動作快。

瑪西看見神祇拉在掌舵。不過，她得先小心不讓身為船員的眾神發現……

還有貓首女神芭絲特。

拉已經近在眼前，瑪西也想好奪取月之眼的計畫了。

但當瑪西準備一躍而下的時候，她忽然想到，
不該偷別人的眼睛！而且拉搞不好是很好的神。

瑪西勇敢的爬下索具，慢慢走到拉的
背後。嬌小的瑪西大聲清著喉嚨，並
用力扯一下神的大斗篷。

拉對這個能成功抵達太陽船的小小人類很感興趣。

他聽小女孩說完來龍去脈，這才開口說話。

「要是托特拿到了月之眼，就能獲得無窮威力，
把整個世界扔進邪惡深淵。」

「為了回報你的誠實，我決定出手相助，讓你父親恢復自由。」

「我的船會載我們到史芬克斯那邊。夜空女神努特將在星星之間照亮一條路，指引我們前進。」拉說。

拉的船駛近史芬克斯，船錨落下。瑪西正準備爬下船的時候，拉在她面前單膝跪下。

瑪西興奮極了。或許，她還算是一個合格的布朗家族成員吧？

史芬克斯聳立在眼前。
瑪西走近時，史芬克斯唸了個謎語。

瑪西從來沒聽過夜之牧羊人……那會是什麼意思呢？
她想了又想，想了又想，卻想不出答案。

突然間，她靈光一閃。什麼東西在黑暗中最明亮……
是星星！而且是能夠引導方向的牧羊人……那當然就是……

北極星！

史芬克斯瞬間張開大嘴，露出一排階梯，
通往陰暗的洞穴深處。

瑪西害怕得發抖，但她知道，
這是救出父親的唯一辦法……

她往下朝史芬克斯的肚子深處走，四周越來越暗……

越來越暗。

等瑪西終於找到亞瑟時，亞瑟正忙著對付巨蛇，根本沒聽見瑪西的呼喊。瑪西沒時間多想，她必須快點做些什麼才行！

瑪西靠著拉的眼睛所發出的光，
猛的向上一跳，鑽進蛇的大嘴！

那一刻，亞瑟明白，那本書是幫不上瑪西的。瑪西早就克服了恐懼。於是，亞瑟把書一扔，父女倆一起逃跑。

一離開史芬克斯，就有個陰暗的身影在外頭等著他們，
一陣邪惡的聲音轟隆作響……

瑪西想告訴托特，那不是他要的眼睛，但太遲了。

托特奪走了那顆眼睛，突然一道白光乍現——

一聲轟隆雷鳴傳來，隨後四下陷入寂靜……

眼前，只剩托特變成的一隻小小鳥，還有拉的魔眼。

太陽神拉忽然現身，撿起自己的眼睛，
把小小鳥放在肩上。

但現在呢，
他不會造成
什麼危害。

他們一起爬上拉的太陽船，
準備回家。

夜空女神努特使出全力，讓北極星發出最明亮的光芒，引導太陽船。

等他們終於到家時，瑪西迫不及待的把這趟埃及冒險的細節，一五一十告訴爸媽。

睡覺時間到了，但瑪西現在一點都不害怕黑暗了，這可是第一次呢。

瑪西明白，無論黑暗多麼可怕，即使到處都是怪物，她都有足夠的勇氣對抗。
我希望，有一天，你也能克服恐懼——無論那份恐懼多大、多可怕，或者多小、多愚蠢。

故事結束

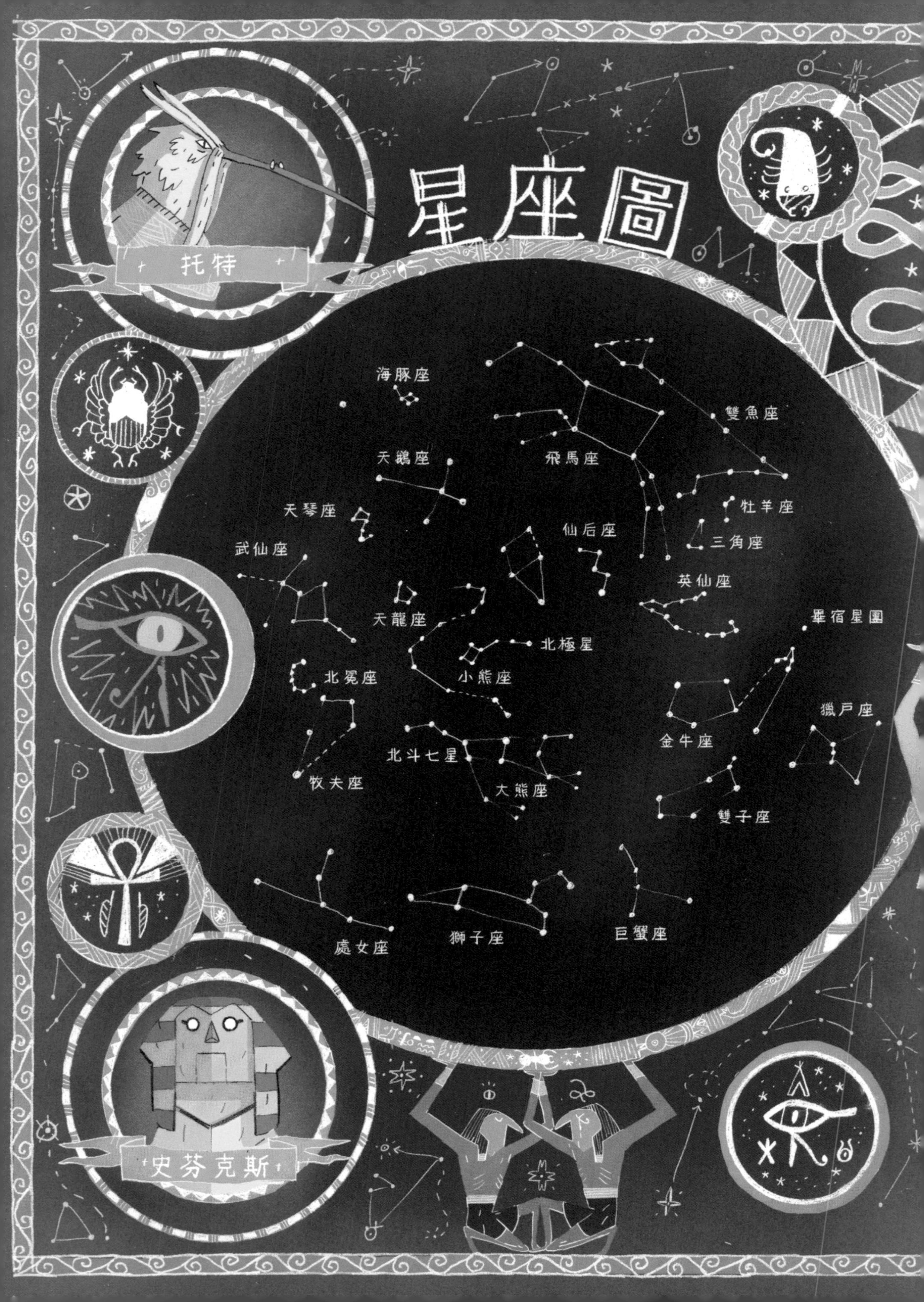
星座圖
托特
史芬克斯
海豚座
雙魚座
天鵝座
飛馬座
牡羊座
天琴座
仙后座
三角座
武仙座
英仙座
天龍座
畢宿星團
北極星
北冕座
小熊座
獵戶座
金牛座
北斗七星
牧夫座
大熊座
雙子座
處女座
獅子座
巨蟹座